陪洲詩行

鋼鐵與柔情的交纏

方群 著

推薦序／方群的金門情

——《浯洲詩行：鋼鐵與柔情的交纏》

◎陳為學

認識方群（林于弘）教授已廿年了，這段時間剛好是我擔任校長之時，無論在迹美國小或柏村國小，于弘從來沒忘記我，只要他一出新書，不管是語教書或新詩集，都要親筆簽名後寄給我，這份盛情，我一直銘感於心。

他是一位有開創性的學者詩人，以方群寫詩，用本名寫書，早年他從事國小教職，就對語文教育十分關注，著力極深，口碑素著。在他擔任國立臺北教育大學語文教育學系系主任任內，系名調整為「語文與創作學系」，是國內友校同系的先行者。在他任內，特重學生語文教學與創作能力，使學生不僅會教書也擅長寫作，成效斐然。

前幾天，他邀我為他的新詩集寫序，因我的閱讀量有限，掌握度不高，不敢貿然答允，就誠實告知：若容許我以讀者的角度切入，很願意嘗試，結果他竟答應了；這篇序，充其量只是個人的閱讀心得，不能為詩集加分，已是預料中事。

方群的詩，素以觀察敏銳、觸角細膩聞名，以一位五年級生，能有如此的敏知，我想應是天生的。他對詩中事件的掌握，下過扎實功夫，在他語言運用的背後，其實隱藏豐厚的文史實力，我想這跟他曾主編國語日報「語文教育版」有關，一位稱職的編者，往往就是一位胸羅萬象、視野遼闊、廓然無私的鑑賞者與實踐家，方群把這種智能運用在創作上，取得豐碩的成果。加上他主持國小國語教科書的編纂，周諮博採，凝聚共識，使他的功力更臻深秀，他深知那些情節可入詩，而那些可捨棄。

眾所周知的，詩是最精練的語言，唐詩宋詞如此，現代詩又何嘗不然？因他在成詩前做足功課，所以下筆如有神助，本詩集所收錄，對一位土生土長、年近七十的我來說，每一首遣辭用句，都深深觸動我心，每讀完一詩，彷彿又重遊一遍這景點，感動與雀躍，不難想知。

在這本詩集中，我獨愛方群的小詩，他的小詩短小精悍，無論兩行、三行或四行，總能觸動我的心緒，有時經由他點撥，使我彷佛回到從前，無端跌入記憶深淵；有時對他幽默風趣的筆調，總能會心一笑——一種心領神會的感動。

誠如他在自序中所說的：「詩者，志之所之也。在心為志，發言為詩。詩歌是內心情意的抒發，也是個人意志的實踐，焚膏繼晷的字斟句酌，都是至真、至善、至美的無盡追求。」

捧讀他的詩集，益信其所言「焚膏繼晷的字斟句酌，都是至真、至善、至美的無盡追求。」實在所言不虛，因這些都是他的體驗紀錄。

以下所陳，就是一些個人的閱讀心得，願與各位分享：

卷一〈金門漫遊〉之〈過翟山坑道〉，開頭的「用鬼斧，劈開海的呼吸／運神工，打通山的經絡」，即十分令人震撼。接寫的兩句：「在若隱若現的濕滑步道底下／英雄把名字留在歷史的夾頁裡」，更一語點出翟山坑道的傳奇。

一開筆即不同凡響，無怪能引人入勝，讓讀者一步步進入方群預設的語言天地。

翟山坑道，近年因坑道音樂節的舉辦，早已馳名海內外，每年音樂節期間，機票和飯店，都一票難求、人滿為患，大家都想看看這座鬼斧神工的景點。

這一首〈探馬山播音站〉，更讓我驚豔，因我以前服務的述美國小，就在播音站附近，初任校長時，因學校與大陸近在咫尺，一衣帶水的地緣關係，每天都還能清楚聽到對岸的廣播，你看方群這麼寫：

脣槍舌劍，猶勝過／此起彼落的無端砲火／一字一句的殺傷半徑／涵蓋著所有耳膜的勢力範圍

特別是我國中、高中的兩位同學，都曾在此站擔任過播音員，而他們的描述，簡直就是方群敘寫的複刻，這種震撼，也是由我切身的體驗而來的，或許這就是共鳴吧？

讀方群的詩，日子彷彿又回到從前——那種單打雙不打，如臨大敵的感覺，又悄悄的回來了。

再看「浯江四寫」之〈水頭民宿〉：

水面氤氳的煙霧／頭頭是道的訴說著／民情裊繞的千古歸宿

這是一首藏頭詩，水、頭、民三字都置於句首，唯「宿」字卻在第三句句末（也是詩末）出現，這是方群的幽默與才華的展現。

同系列的「浯江四寫」之〈料羅漁舟〉：

一切能載走的／都在浪頭的頻頻呼喚後／漂泊異鄉

讀這首〈料羅漁舟〉，不由得會想起楊牧的〈料羅灣的漁舟〉，只是方群訴之以詩華，而楊牧訴之以散文。文體殊異，但引人遐思則一。

再看〈浯江雜詠三帖〉之〈文學茶坊〉：

彷彿是反覆往返的搶灘濤聲／踏著左右互換的平仄險韻／幻化文字精靈的魔法變身

讀這首詩，讓我想起十幾年前的某個文藝節前夕，我力邀方群和向明兩位詩人，在金門成功村的「文學茶坊」，為藝文朋友授課，當晚下著綿綿細雨，偌大的茶坊，卻被熱情的文友給占滿了，兩位詩人毫不藏私的侃侃談詩，讓與會者如沐春風，深覺不虛此行。

這場情如師生、忘年之交的「方」「向」組合，為新詩創作指出了方向，時間雖短，但至今仍令人津津樂道。如今，茶坊已熄燈多年，但當晚的藝文火種，仍將持續蔓延……。

此詩中的「幻化文字精靈的魔法變身」，即指此盛事。

再如〈浯江雜詠三帖〉之〈擎天迴響〉：

歲月的回音／在花崗岩的銳利峰稜中／切割記憶

讀之再三，更令我拍案叫絕，彷彿方群即是擎天廳的開鑿者，短短的三行詩，已將鬼斧神工點畫得維妙維肖，沒錯，擎天廳切割的是金門人的共同記憶，特別是三、四年級生的記憶，每個回眸與轉身，都是歷史的跫音。

再看〈一個幾近沉默的午後，之後——於「八二三」三十九週年〉這首詩：

三十九年前的今天／一個幾近沉默的午後，之後／伏擊的砲彈如暴雨般砰然著陸／來自東／來自西／來自北／來自昏天暗地的激射與迸裂／久久，迴盪氣悶的胸臆

這詩作於民國八十六年，距事發的四十七年，已屬遙遠，但讀此詩，我們仍能感動於方群的敘事導引。當年我才五、六歲，成天躲在臨時挖掘的土壕裡，天氣悶熱，肚臍

下面又長瘡，不敢輕易出洞口，我四嬸婆手拿蒲扇，使勁的搖動搧涼瘡口，「迴盪氣悶的胸臆」，這是我切身的體驗，真恨不得戰事馬上結束，早早脫離苦海。

方群寫的「來自東／來自西／來自北」，也是深知金門和大陸的地緣關係的，因金門只有南邊的料羅灣面向臺灣，其他三面都被大陸包圍。

卷二〈老兵不死〉之〈鄉思五則〉，我獨喜愛「鑼」和「筏」：

他寫「鑼」：

故鄉是一面牢不可破的思念／用苦難錘打／用心音顫動

他寫「筏」：

疾疾／擺渡兩岸／在山的那一邊／有雨／橫／過

再看他筆下的〈贈鞋——聞張拓蕪接獲表妹沈蓮子親手縫製布鞋一雙有感〉：

經過四十年／只接到一雙鞋／左腳　嫌大／右腳　太小／而褪色的安安藍／又早
已不流行

淚讀這首詩，很難不跟大詩人余光中的〈鄉愁四韻〉產生連接，一位寫對母親的思念，一位寫表妹千里贈鞋，都是至情至性的好詩！

卷三的〈浯洲縱橫〉之〈金城巡禮〉，其中的「總兵署」、「城隍廟」、「模範街」、「邱良功母節孝坊」、「浯江書院」、「奎閣」、「得月樓」、「水調歌頭」，首首精彩，可說是大珠小珠落玉盤，眾美紛呈，讓人目不暇給、愛不忍捨。

你看他寫〈總兵署〉：

琅琅書聲，之後／聽官威穿梭迴盪／枝椏的沉睡

他從明朝同安第一才子——許獬當年讀書的叢青軒，寫到清朝雄壯威武的官府，再寫到花開又花落的木棉花，整首詩敘史不著痕跡、不落俗套的讓人物說話、讓歷史說話，讓時間說話，其張力足以讓人沉吟與低迴。

再品讀〈城隍廟〉：

人間算不盡的功過／盤點百年／天堂地獄的起落

我想，方群一定對金門城隍廟的楹聯和史蹟細細讀過，才可能有如此深刻的體悟。其實，人生如過眼雲煙，世間功過，本不足計較。雲淡風輕，一切隨緣，城隍爺有靈，自有巧安排。

「模範街」，他這樣寫：

整整齊齊的洋樓／複製貼上複製貼上複製貼上……／整整齊齊的洋樓

實在是模範得很傳神！

他如〈金寧風雲〉、〈金湖印象〉、〈金沙采風〉、〈烈嶼風光〉這些章節裡的詩作，也都沿襲他既有的詩風，率皆從某個視域切入，讓人心領神會、恍然大悟。他的詩意蘊綿長、寄寓無窮，每有佳句，也時呈佳篇。

他筆下的〈金門美食八寫〉，篇篇都寫得讓人垂涎三尺，忍不住的口水，直欲往下流。

卷四〈烽火綿延〉的詩作篇幅較長，他寫「演習狀況」、「停火協議」、「戰事仍將進行」等情節，其中的一些事件，簡直就是當年事件現場的翻版，在這卷詩中，他所使用的語言，幾乎就是當年戰亂用語的呈現，他掌握敘事的技巧，在這些長詩中展露無遺。讓我們讀起來特別有感，於此，他似乎試圖想還原歷史，讓史實說話。

卷五〈風土民情〉，又重回敘寫金門的氛圍。「固若金湯 雄鎮海門」和「海濱鄒魯」他用藏頭詩的方式，把詩題置於句首，「海上公園 地下堡壘」和「虛江嘯臥」，他則改用藏尾詩法，把詩題藏於句尾，其隨心所欲、運用自如的功力，實在令人折服、嘆為觀止，至於「博餅」與「雞頭 魚尾」等篇章，都運用金門人耳熟能詳的典故，由他娓娓道來，仍能引起共鳴，實在不簡單。

壓軸的卷六〈越南（VIETNAM）〉，無論是「I・鴿之寓言」、「II・鷹式俯衝計畫」、「III・屬於螞蟻的一些想法」，都很容易讓時光重回上世紀五、六零年代的越戰，這場沒有贏家的戰爭，荼毒了多少生靈，方群把它放在壓軸卷，可能想暗示世人：「戰爭無情，和平無價」。

此卷初看似乎跟金門沒甚麼連結，但同樣是遭受砲火蹂躪的戰場，我們應可從越戰獲得某些教訓或啟發。我想，這或許是《浯洲詩行》的用意所在。

不同於名詩人鄭愁予、洛夫的敘事風格，也有別於土生土長的許水富、黃克全等詩人書寫金門的詩風。我認為方群特具的敏知與細膩，來自於他執教國小的用心積累，這一點，是上述四位詩人沒有過的經歷，他是由基層一步步往向爬升的，所以他格外重視每個階段的學習與陶冶與躍升，這讓他的創作，增添了循序漸進的體認與力行，回首來時路，方群應可感知他各個階段的成長與精進，也許，這是讓他選擇一以貫之、無怨無悔的原始動力。

這本《浯洲詩行：鋼鐵與柔情的交纏》，是方群的第十本詩集，十，是一個成數，至望他源源不絕的詩作，都能朝十全十美的境界邁進。

這篇拙文，只是個人展閱詩集後的心境抒發，斗膽披露，敬祈方群與閱讀諸君子不吝賜正，以匡我不逮，則個人實感萬幸！

陳為學，金門退休校長，文史工作者，作家

自序／以詩取暖，以愛發光

◎方群

詩序云：「詩者，志之所之也。在心為志，發言為詩。」詩歌是內心情意的抒發，也是個人意志的實踐，焚膏繼晷的字斟句酌，都是至真、至善、至美的無盡追求。從一首首的創作到結集成冊，雖是水到渠成的必然積累，但從一無所有到排版、校對、送印的漫漫路途，風雨寒暑的試煉又豈足為外人道？繁花似錦的三月固然人人稱羨，但得耗費多少時間精神方能有這一地的璀璨。寫詩說簡單倒也簡單，說困難其實也很困難，但若心思氣力甘願執著於此，則無悔的付出也就不一定期待對等的回報了。

《浯洲詩行：鋼鐵與柔情的交纏》是我正式出版的第十本詩集，也是第三本縣市專屬的地誌書寫。詩集共分六卷，「卷一：金門漫遊」收錄詩作八首，為長年往來金門知名景點所見所感的匯集。「卷二：老兵不死」收錄詩作六首，為老兵族群情感思緒與生活實況的映現。「卷三：浯洲縱橫」是九首以地方鄉鎮與美食及特產的系列組詩。「卷四：烽火綿延」收錄詩作九首，內容聚焦在對戰爭的觀察反省與質疑批判。「卷五：風土民情」收錄詩作八首，結合海島歷史與民俗文化，以夾敘夾議的方式呈現。「卷六：VIETNAM」則是以越戰為背景的敘事長篇。整體而言，這是有計畫的主題式書寫，歷經時間沉澱與經驗觸發的交感，運用各種形式設計，結合戰地與戰爭意象，展現金門特殊歷史淵源、地理景觀、生活特色與人文風情。藉由地景與事件的雙主軸設計，整合觀察、體驗和想像，組構這一本兼有地方特色與藝術價值的專題創作。

二〇二一年是新冠肺炎（COVID-19）肆虐地球的一年，人類遭逢空前的危機與困境，然而閱讀與書寫的堅持，仍是許多創作者承擔救贖的重要出路。《浯洲詩行：鋼鐵與柔情的交纏》能獲得金門縣文化局諸位評審的青睞實屬萬幸，而陳為學校長慨然應允、惠賜鴻文的鼓勵評點，更讓詩作增色添光。所謂「鴛鴦繡了從教看」，喜歡或不喜歡，都期待諸位的指正及迴響。在創作的小徑也許寂寞難免，但隻字片言的佳音偶遇，也足以點燃詩人持續前行的信心與能量。

「冬天到了，春天還會遠嗎？」在詩歌的戰場，我們不憂不懼；在藝術的天地，我們會發熱發光。

CONTENTS

卷二

老兵不死

卷三

浯洲縱橫

卷四

烽火綿延

卷五

風土民情

卷六

越南（VIETNAM）

卷一

金門漫遊

過翟山坑道

用鬼斧，劈開海的呼吸
運神工，打通山的經絡
在若隱若現的濕滑步道底下
英雄把名字留在歷史的夾頁裡

潛藏的熱情
刻在每一個鋒利的稜角上
逡巡在你曲折寬闊的古老胸膛裡
我們的眼光卻一同忐忑不安

在幽暗的沉思過後
陽光還是緩緩地走進寂寞的掩體
看寂寞的戰士依舊矗立
悄悄，把時間翻刻成
默默侵蝕歲月的無情潮汐

探馬山播音站

脣槍舌劍，猶勝過
此起彼落的無端砲火
一字一句的殺傷半徑
涵蓋著所有耳膜的勢力範圍

五十年後
喉嚨早已瘖啞
習慣沉默之後
愈來愈雪亮的眼睛
卻仍舊把所有的是非善惡

寫在一覽無遺的
胸
口

訪瓊林戰鬥村過地下坑道有感

風的邊緣，隱入
地底曲折的寧靜呼吸
我們如鼴鼠般潛行
向著光源遁藏的核心
深深，挖掘……

硝煙已然散去
斜倚在門口的惺忪睡眼
盯著傾斜的日影悄悄計算時間
而一群灰頭土臉的觀光客

則在傳說的伏擊之後
向四處流竄

但靜止的時鐘還是沒有醒來
瞬間引爆的煙霧彈，揚起
一幕幕纍集的衝鋒波形
如海浪般往復地拍打著斑駁的岩壁
在來來去去的喧譁，之後
記憶按下的快門已寂然
停　格

毋忘在莒

——登金門太武山有感

水，往下流
人，向上走
如雷的喘息聲
伴著沉重的步履，緩緩
仰攻山頭

斜射的陽光自背後穿刺突進
料羅灣和后江灣則從兩側夾擊

在風力熾烈的眺望稜線上
目標已被埋伏的瞳孔交叉鎖定

我們繼續，挺進
挺進在達達響起的衝鋒號角中
看汗水揮灑成一路過往的太陽雨
寫在天空
寫在臉上

浯江四寫

・尚義機場・

俯瞰仇視或思念的年代
在亦敵亦友的無邊空域
我們思索未來的航向

·水頭民宿·

水面氤氳的煙霧
頭頭是道的訴說著
民情裊繞的千古歸宿

·慈堤望海·

一道虛擬的白線劃過
高高低低的姊妹兄弟
在曾經遙遠的彼端，矗立

．料羅漁舟．

一切能載走的
都在浪頭的頻頻呼喚後
漂泊異鄉

浯江雜詠三帖

・文學茶坊・

彷彿是反覆往返的搶灘濤聲
踏著左右互換的平仄險韻
幻化文字精靈的魔法變身

·擎天迴響·

歲月的回音
在花崗岩的銳利峰稜中
切割記憶

·太武遠眺·

一位疲憊的長者
斜躺在海與海的接縫處
尋找最舒服的姿態

一個幾近沉默的午後，之後

——於「八二三」三十九週年

三十九年前的今天
一個幾近沉默的午後，之後
伏擊的砲彈如暴雨般砰然著陸
來自東
來自西
來自北
來自昏天暗地的激射與迸裂
久久，迴盪氣悶的胸臆

三十九年後的今天
一個同樣沉默的午後，之後
匆忙的遊客如潮水般譁然搶灘
來自台灣
來自亞洲
來自全世界
來自地北天南的激昂與憧憬
緩緩步入時光的天窗

遠離金門

隨著砲火的喧囂，遠離
淚水以十五度的仰角向上緩緩拉起
陰雨連綿的潮濕心情
交揉著酸與苦的聯集

畫一個圓，圈起童年的足跡
還記得夢想的起點就在這裡
左手是故事，右手是歲月
翱翔的彩翼漂泊在異鄉浮沉的陸地

再會吧！故鄉的溫暖手臂
我已茁壯，不再遲疑
希望的城市就在不遠的前方
我將振翅
飛向那心目中的美麗新世紀

卷二

老兵不死

旋轉木馬

轉・轉・轉・
就這樣跑遍半個中國
眼淚落了
便是長城隘口的狼煙

兒子笑著
在旋轉木馬上他當然不懂
（歲月在遠遠的蹄聲裡漸漸消逝許多……）
而，就像當年
理著大光頭的小兵

也是什麼都
不懂

紙鳶

飛得再遠，再高
也繫有懸念一線
牽引——
蓬草歸根的心情

而，風不是
雲不是
歲月也不是

天上，是海外孤島
地下卻是關山千里崎嶇
我們的身子就是，如此
延
伸
飄
零

青芒

門前的銅環把偶然敲打成一盞巡更的燈火
晃晃忽有人自街前的岔口走來
——是二狗子的娘

過去的便條紙說是你不會相信的
二狗子的娘回來了
打光緒年間說起的鐵板書
竟也把辮子長的世紀給拖過頂戴老爺的花翎

那是個軍閥討飯的年頭
祠堂外的打狗棒壓根兒什麼風也沒瞧過
包穀田外
只有蝗風　吹過
二狗子親娘的麻花臉
而三百里外的騾馬大車
是所有道不盡的小鎮青芒……

鄉思五則

・鑼・

故鄉是一面牢不可破的思念
用苦難錘打
用心音顫動

·筏·

疾疾
擺渡兩岸
在山的那一邊
有雨
橫
過

·魚·

看過太多波浪的
總難免
眼神曲折如你

·井·

山不在高
水不在深
用雙手扳開
一塊兒時的門板
乍然，驚見
一隻童年的蝙蝠
急推開落日
　下海

·幕·

回到起點
就是我們的
家

贈鞋

——聞張拓蕪接獲表妹沈蓮子親手縫製布鞋一雙有感

經過四十年
只接到一雙鞋
左腳　嫌大
右腳　太小
而褪色的安安藍
又早已不流行

擺在酒櫥裡
有故鄉泥土的淡淡芬芳

在戰火的年代
好像走過
祖國傷心的顏色

徘徊四十年
只有一雙鞋
走，也走不了多遠
夢中的
一道海峽
卻鹹得比淚水更鹹
兩行清淚
竟寬得比海峽更寬

如果
還有四十年

也不過是一雙軟鞋
跨過去
日月如梭
踩回來
光陰似箭
而所有的愛戀
也不過
是這麼一回的事……

打水漂兒的人

沙灘上的石子
都是一顆顆期待的心
海浪帶來的
卻又不肯帶走
於是愛打水漂兒的詩人
順著落日傾移的角度
懷鄉的石子便一路蹦跳過去……

× × ×

四十年也像一顆小石子
蹦蹦跳跳地過來，也想
蹦蹦跳跳地過去
在海岸邊，他卻是
茫然，無法超越的
「打水漂兒是唯一的解脫方法。」
石子們點了點頭
於是每天都有一次西方的落日

而排隊的人太多了
斑白頭髮的詩人也想回家
「如果，石子是心
　我也願意旋轉飛騰
只等一隻強壯的臂膀
能將我奮力擲出

飛越海峽
　飛越四十年
　飛越兩百里的阻隔……」

我說，紅塵是夢
關於石頭身世的傳說
你也是知道的

在木麻黃的國界
詩人每天都在海邊溺死幾行詩句
然後，在黃昏裡感歎地說：
「沉淪之前
　難道就只是幾個
　起落　水面的浪花嗎？」
（而當年，我卻是那麼來的。）

寒來暑往
海峽畢竟是沒變寬
而歲月必定是長了一點
我想，若不是氣衰體邁
　　便是老眼已昏花
再也看不清故鄉炊煙
淡淡飄來的可能方向

所以，必得把打水漂兒的祕訣
留傳下來
讓子孫們都知道
如何才能夠再重新找回
遙遠夢境經常偏離的原因：
「膽要大，

眼要細，
用力要均勻。」

而僅僅就是這樣容易的幾句
至於更重要的
我大概也不能告訴你
——嚴格說來
也不過是要有一顆堅硬
如石子的心
就只是這樣
像我當年離開故鄉時的腳步
簡單的
就可以
一
路

飛躍過去

卷三

浯洲縱橫

金城巡禮

‧總兵署‧

琅琅書聲，之後
聽官威穿梭迴盪
枝椏的沉睡

·城隍廟·

人間算不盡的功過
盤點百年
天堂地獄的起落

·模範街·

整整齊齊的洋樓
複製貼上複製貼上複製貼上……
整整齊齊的洋樓

·邱良功母節孝坊·

以青斗石的堅毅，矗立
母親的貞節
化身鄉里穿梭成彩衣

·浯江書院·

彷彿是夫子寂寥的背影
沿著落日餘暉
吟哦泛黃的經典

·奎閣·

運轉北斗
以星的姿態
飛躍龍門

水頭聚落

·得月樓·

近水樓臺，想像
瞭望嬋娟的婀娜美好

層層閉鎖，警戒
百里奔襲的無情烽火

·水調歌頭·

挪移東坡的姿態
率性吟詠夜色
收拾漂泊的思念
隨意拼貼剪影

金寧風雲

・古寧頭・

夕陽的火力仍舊熾烈
無情掃射眼眶

・雙鯉湖・

傳說的思念追逐著
信與信的忖度

‧安岐風獅爺‧

聳立的姿勢
睥睨，風的破口

金湖印象

・海印寺・

鐘聲敲響
鐫刻龍飛鳳舞的紋理
俯視海潮往來呼喚
護佑眾生

·料羅灣·

擱淺的童年已不再奔跑
掩護砲火的射程之外
蟄伏的想像仍持續搶灘
運補昔日破碎的擾攘

·魯王墓·

爆破之後
自地底，浮現
明末最終的哮喘歷史
重見天日

·毋忘在莒·

搞不清楚那是記憶還是遺忘
一座孤單的城
用意志留下古老的成語
鼓舞逆轉的雄風

·特約茶室·

不能公開的人性代碼
訴說野戰宣洩的唯一出口
在鋼鐵的島嶼，醒來
在溫熱的臂彎，假寐

金沙采風

．鹽場．

陳年透明的血汗
以純潔的思念
結晶苦楚

・播音站・

耳朵盤旋的
音符與口號
嘗試穿刺裝甲腦袋

・民俗文化村・

把記憶重新聚攏排列拼湊
關於祖先
睡覺吃飯的樣子

烈嶼風光

・九宮坑道・

埋藏九天之下
蟄伏的
蠢蠢生機
如洋流曲折迴繞

‧八達樓子‧

從四面走過歷史
綿延的戰火
在記憶深處
依然熾烈

‧烈女廟‧

漂流的夢境終於抵達
在海與海之間
氤氳的夢境
寄託裊裊香火

金門美食八寫

・廣東粥・

腸胃仍是如此的寬廣
　　奔波南北西東
就是這一碗期待的粥

·鍋貼·

燃燒的鐵鍋
包裹一夜纏綿的體貼

·炒泡麵·

烈火快炒
翻攪鬱悶的沉思浸泡
揉合思念的麵

·牛肉乾·

彷彿是剛剛回眸的牛
隨意咀嚼的肉
將記憶擰乾

·貢糖·

傳說翻山越嶺的進貢
是一顆顆真心凝聚的糖

．麵線．

餵飽肚腹的是單純的麵
纏繞情感的是交疊的線

．燒餅．

以故鄉的炭火層層燃燒
烘烤熟悉滋味的餅

‧刀削麵‧

亮晃晃的鋼刀
率性切削
一碗浮沉紅塵的麵

金門生物三題

・鱟・

脫去四億年的孤單
記憶與生命同樣堅硬且綿長
在淺灘徘徊並肩的步履
親吻夕陽斜倚的徜徉

・水獺・

在瀕危的名牌下喘息
無聲，穿梭河海的交界

小小的身軀是大大的奇蹟
遺失了驚鴻一瞥的相遇

・栗喉蜂虎・

翩翩的姿態與顏色
是來自夏日翱翔的驚豔

讓愛情在這裡滋長
繁衍下一季霸氣的回眸

金門名產三品

‧鋼刀‧

看漫天呼嘯，墜落
取之不盡的精鋼鍛鐵
從砲火提煉的堅韌意志
鏗然挺立寰宇

‧一條根‧

總有些莫名的醫療神效
從頭頂，到腳底
在千里饋贈的眼神背後
想像的痠痛幻化痠痛的想像

‧金門高粱‧

只會燃燒不會凍結的心意
愈陳愈香

像水一樣的晶瑩透澈
擺動歲月的無盡芬芳

卷四

烽火綿延

演習狀況

槍管上有兩朵小花
偏高的
新來的二兵挑著
雷區裡
輔導長用肩槍帶擦牛頭皮靴
連長則笑著用銅油培養青春痘

一切推演有限戰爭的可能：
班長，我們在沙灘外構築掩體工事
在黑暗襲擊

疑似海龜的遷移後
黃昏的母性有呶呶的聲音

塑膠鋼盔的襯裡有許多星星
而我們每天習慣陣亡一次
前方三十公里
照相機正和臼砲彈一齊行軍
天明前
蒺藜的花必火速向前線
密集增援
在彼岸——
老士官長優雅地嗅了嗅鼻子後
大膽地假設，說
上風的小溪今晚可能政變

停火協議

瘡痍之後
我想大家可能都累了
（機關槍懶懶的打了個呵欠吐了口痰又戴起他的近視眼鏡。）
於是，罐頭和營養口糧鄭重宣佈
　停火一週，
　互不侵犯。
（而壕溝外的屍體和鐵絲內的地雷都暫時不列入考慮。）

三天後
一隻白色的鴿子踱了進來

（牠走進停戰線的中央然後就呼呼的打起鼾來。）

忽然

他們都懂了

和平也是一種蠻好玩的遊戲

（那隻鴿子後來便成了大家的偶像據說牠就是所謂和平的象徵……）

戰事仍將進行

沿著深棕色的曲折海岸線我們緩緩前進
在夕陽殘影的掩護下
孤獨的島嶼自善感的右舷，靠近……

海浪持續推移橡皮艇臃腫的身軀
不規則陣痛逆襲嗚嗚哽咽的口糧
暗夜的呼吸聲，從低伏的頭頂掠過
延伸艦砲激起爆發的咳嗽煙霧
亢奮的體溫向上拋射點燃的等待信管
懸垂地照明一彎斷續撕裂的狹窄航道

（我們魚貫穿刺水的羊膜
小心撥除鄉愁的縱橫條砦
大步跨越思念的雷區
當衝鋒的號角一波波掩過蹲伏的壕溝
鮮血也沿著隆隆的履帶，躍動
手榴彈炸開一座座沉默的監視碉堡
支援的重機槍吐出火辣辣的長舌順序舔過黏稠的順向坡）
疲憊的靈魂躲在緊縮的覘孔裡屏息凝視死神的寂寞背影
而無端的戰事仍在陣亡的胸膛外繼續進行……

1966／加拉干達

至於布爾什維克的光榮
吊在背後的泛白日曆
他是最清楚的……

記得那年血腥的風暴過後
一顆紅星
自沙皇的腦袋　昇起
所有俄羅斯希望的光芒
莽莽的草原上
幹部笑著

公佈欄煞有其事地大肆宣傳
穀物豐收
而人們卻寧可趕著排隊買
早熟的黑麵包

關於韓戰或者大飢荒
關於勞改營或者氫彈
似乎報上的新聞都是類型的
排列　所謂現代化的必經歷程

在燕麥田的陰影下
我們從不辯論寒流的速度
只期待春天的腳步
快　點來……

耶路撒冷

上帝在昨天死去
寂靜地
法利賽人的祭典上
真空管收音機反覆地播唱
一支發霉的香蕉舞曲

有人龐克十字架
有人搖滾聖經
焰火下
街頭的暴徒不停地狙擊聖者

像一隻老鼠竄改歷史
謠言舉起整座愚蠢的城

當時間滴流如蟹
我們集體橫行聖彼得街
撕碎避孕海報
敲打消防水栓
用牛皮靴踢啤酒罐
向後照鏡吹口哨
攻擊拒馬
以友善的拳頭裝飾機車
擺動有金屬聲響的雙臂
大聲讚美
達達達達達達主義的使徒
然後

然後
然後
（再三個然後……）
就
拒吸二手煙
甚至

反
核

塞拉耶佛

——耶誕新年記事

在最平安的平安夜
我看到滿天絢爛的煙火，爆裂
壕溝裡沉睡的夢想天堂
匍伏過縱橫交錯的曳光機槍彈
一群穿著緊身迷彩服的聖誕老人
正架著隆隆的坦克雪橇
向我們顫抖的寒冷村莊挺進

此起彼落的砲彈，呼嘯
像是教堂傾圮的末日鐘聲
一具具焦黑的屍體
一截截破碎的殘肢
走過，沾滿火燄的刺刀
痛苦哀號的殺傷地雷群
親密地擁抱著我們無關輕重的名字

也許這是個最有趣的遊戲
讓我們的屋頂插滿不同的陌生國旗
不同的信仰廝殺著一樣的土地
流竄的鼠輩正狙殺聖者
但我是卑微的虔誠異教徒
在這個砲火熾烈的新年假期裡
減速的心持續向冰點接近

這是一個難忘的平安夜
一個不用上班的聖誕節
在硝煙裡探頭的慘白太陽
已然，中彈負傷
誰都不敢再期待明天的日出了
簡單地說——
也許戰爭是好的
也許所有的苦難即將結束

在塞拉耶佛——
天天都有七彩的煙火綻放
天天都有生離死別的櫥窗看板
天天都有新達成的停火與開戰
天天都有上帝和撒旦的誠懇會談……

浩劫後

在第N次的核戰結束之後
短暫的，和平氾濫大地
伴隨著間歇性的強酸陣雨
飽含侵略性的懸浮微粒不停地散布著
停火非戰的七色謊言

倖存的執政者相擁落淚
嘆息彼此頑強的抵抗意志不曾崩解
至於抬頭按鈕的激動手法
短時間內或許將難得一見

於是整個城市的臉孔也只好假裝感動
讚美上帝或是感謝自己

但我還是習慣地追逐
某種遺失必要過程的蹣跚腳步
在廢墟故都的殘破遺址裡
一篇象徵夕陽絕美的典雅宣告
總讓我們再次學會虔誠膜拜
掌管幸福的那尊
殘缺不全的斷臂神祇。

文明併發症

‧腦瘤‧

起因不明的
智慧型病變，紛紛
進出竄擾
記憶思想戒嚴的鎖碼禁區
於是在鈷六十的威力掃蕩後
少數倖存的智慧頭顱

在多種法律的尊重保障下
大膽，預言——
即將來臨的變種新世紀

．先天性皮膚過敏．

屬於基層組織的
泛政治性細胞畸型分裂
病變，來自歷史的遺傳情結
併發，異鄉的水土不服

千百個提心吊膽的夜晚
總在無效的激烈抗爭之後
棄械投降

而延期促銷的廉價痲痺軟膏
在低溫冷凍的暫時控制下
必須，以亂數破解
唯讀中樞叛變的所有可能

・上呼吸道感染・

積極滲透的，某種
濾過性成熟病毒
祕密進駐下視丘，氤氳
潰爛發炎的暴力氾濫
然後面對著逐漸沉默的思想
制約可能的圖騰反射行為

晨昏日夜之間
總是不免震撼與驚惶的
風風，雨雨……

．中風．

某種劇烈的心情震盪之後
突然嚴重喪失
妥協語言真偽的辨證能力

也許是某種意外的過度衝擊
茫然中，漸次減弱
抽象思考的多樣探索

於是在右側優勢的習慣逐漸消失之後
我開始用力學習，所謂
左傾行動的思考可能

· A I D S ·

用生命賭注
心與心猜測的陌生距離
愛，在滋長
如棄養荒郊的叢生野草，交纏
黝暗巷弄裡曲折破碎的零亂身影
不要再貼上同情的標籤或條碼
我們有自己習慣的那種名字

潤澤，乾枯的心靈
穿越，靜謐的溪流
在純金的太陽底下
偶而躍起的幾則陳腐新聞
總是，失焦鏡頭裡的那群
假裝崩潰文明守則的
現代野獸派

地位未定論

——給孩子的父親

關於那種過度敏感的地位問題
我不想大聲喧譁爭論
所謂「認祖歸宗」
所謂「血統純正」
我不會太過在意
只是龐大父系沙文主義的封建流毒
這些年來……
孩子和我在一起
學會了很多你不能教他的東西

在這個面海的村落
孩子的成長超乎你所有的想像
他已經學會比你寬闊千萬倍的胸懷
那些你曾經的驕傲
孩子已經用歷史的角度重新分類標號
我一無所有的期盼
也許太傻……
但卻能給他一片更亮麗的黃金海洋

我相信孩子會愈來愈好
我每天仍然用真心為他禱告
也許等你老得不能再用言語來謾罵爭吵
孩子可能會想回到你自私的迂腐懷抱

這些日子的分離不知是多是少？
但我們早已習慣這種孤獨的面貌
如果你還是那麼地想念著我，也許
時間的魔法指環
會把我們顛沛流離的坎坷命運
再次，緊緊套牢

卷五

風土民情

固若金湯　雄鎮海門

固定著僅有的依靠
若山若林若風若火
金屬的光澤仍閃耀
湯水潤澤孕育你我

雄壯的身軀仍挺立
鎮守八方交會島嶼
海洋傳奇清亮引吭
門楣刻劃永世榮光

*金門原名浯洲，隸福建泉州府同安縣。明太祖洪武二十年（西元一三八七年），江夏侯周德興在島上築城並設立守禦千戶所，因其形勢「固若金湯，雄鎮海門」，故得此名。

海上公園　地下堡壘

瞭望永不平靜的海
波濤喧鬧水平線上
倥傯兵馬天下為公
記憶沉溺昔日花園

我們尋找那預言地
東西南北左右上下
鮮血澆灌鋼鐵城堡
堆疊成懸崖的故壘

＊金門雖有特殊的地理位置與兩岸形勢，然經駐地軍民共同努力建設，故有「海上公園，地下堡壘」的美稱。

海濱鄒魯

海外的衣冠依然楚楚，回首
濱臨經史崩毀的戰火，持續
鄒地的禮儀渡江渡海，落腳
魯國的典籍傳承誦讀，發揚

*金門雖僻處海隅，歷來卻人才輩出，宋、明、清三代共有四十四位進士，因文風鼎盛，遂有「海濱鄒魯」之譽。

虛江嘯臥

何必再感慨人生空虛
橫渡終將跨越的大江
回首萬里的陣陣狂嘯
難買一夜清醒的醉臥

*明嘉靖十四年（西元一五四七年），俞大猷任金門所千戶，曾遊息於金門城南磐山麓，登高賞景，遂題「虛江嘯臥」於文臺寶塔南側。

鴛鴦馬

左攙右帶
一步步
走向未來的人生

柴米油鹽也好
陰晴月缺也好
喜怒哀樂也好
風雨冷熱也好

走向人生的未來

一步步

右攜左帶

*早期金門歸寧時，於馬鞍兩側各掛木製座套，夫妻分坐兩側，一路展現濃情蜜意的景象，稱為「鴛鴦馬」。

博餅

擺脫不開的六道輪迴
數字旋轉
旋轉人生

非黑即紅
六與四最是珍貴
垂涎的眼神攪動著
直上青雲的喜悅

從秀才到狀元
從白丁到富豪
人生繼續累積數字
數字偶然翻轉人生

*「博狀元餅」簡稱「博餅」，為閩南地區盛行的民俗活動。方式是用六個骰子擲出特定排列組合，依其出現機率難易，分別代表科舉功名的狀元、榜眼、探花、進士、舉人、秀才等六個等第以博取彩頭，其目的是鼓勵子弟認識科舉制度並積極求取功名。相傳最早是金門洪門港出生的鄭成功部將洪旭，為穩定軍心並撫慰思鄉情緒而發明的遊戲。

雞頭　魚尾

總是欣然接受這樣的升等
小小宇宙繼續輪迴
穿梭杯觥的領空
在微醺的航道自在探索

酒酣耳熱之後
我們浮潛在意識模糊的島
擺動記憶傾訴的親潮
呼吸圍繞宮殿棟樑的的彩色泡泡

*在飲宴活動中，當全雞被端上桌時，雞頭所向，就是該桌主賓，被對者必須乾下高粱，再用筷子折斷雞頭，同桌才能開始享用。全魚上桌時，也需重複之前的步驟，這是金門特有的筵席文化。

迎城隍

熊熊的火光燃起
喧鬧夜色警戒的路線
諸惡退散

炊糕綁粽
豐盛的筵席如流水
恐懼逆襲飢餓

裊裊香火
傾聽民間難解的疾苦
護佑四境平安

註：農曆四月十二日是金門後浦浯島城隍廟的遷治慶典，也是城隍爺「繞境巡安」的大日子。金門迎城隍不只是地域性宗教活動，更是結合文化創意的宗教文化觀光活動，民國一〇二年「金門迎城隍」成為離島地區第一個獲得文化部指定為國家重要民俗的無形文化資產。

卷六

越南

（VIETNAM）

越南（VIETNAM）

一・鴿之寓言

關於戰事失利的責任
無疑地——
國防部以及五角大廈將以全部的勳章來承擔
所有極端傾斜的骨牌，或
理論。
歷史沉重的教訓已經告訴我們
在不損害國家元首形象的祕密原則下

必須——
智慧地放棄，一切
可能導致危機的或然率

把黃絲帶繫在老橡樹上
把英雄留在紀念碑裡
把孩子還給上帝
把血灑向河流
聯席議事槌的共同決定，乃是
讓優美的外交辭藻提前結束戰爭
（一群猶太的商人正在紐約城裡盤算著利率升降的敏感問題）
而傳統的戰事仍將持續進行
獨立鐘的縫隙在北緯十七度分裂延伸……

（對於越南士兵的戰鬥能力當然我們是表示
懷疑但是整個東南亞地區的民主問題仍需
我們做更進一步的努力在和約的限制下我
們仍將一本人道主義的立場繼續提供經濟
方面的援助以證明我們在和平追求的誠意）

”MAKE LOVE NOT WAR“
把回家的時間刺在厭戰的額頭
視野焦距內
赤裸的硝煙刷過海外的國際看版和雜誌
妻子的保險廣告，幾則
廉價在亞戰場配合鋼盔促銷
（此時，雙人床的價格暴漲三倍卻仍供不應求。）
限時的極機密研究報告顯示：
「人性野蠻的程度和每平方公里精子殘存數成正比。」

如果，戰事依然膠著
亞美利加的高貴血統將
迅速
　　　　　　　　敗壞
（在南方，超級梅毒正以30 km的時速向北推進
　今年的夏季裡，
　據說那是唯一的一場勝仗……。）

巴黎的圓桌談判
我們曾一度考慮採取合餐型式
並對侍者的服裝整齊加以要求
（加農砲在叢林裡討論著銀製碗盤的準確性。）
嚴格說來——
和平是有極高的信心與誠意
並且透過第三者以公正合理及尊重民意的原則

親自以槍口的來復線吻合，生效
那是查理。
嚴重腹瀉的健忘行為之一

（四月・一九七五
所有的攝影記者以十三張打賭
越共每日陣亡的時數，與
落葉劑的生理問題……）

異教徒不適合戰爭
基督徒總是違反暴力，而
耶誕舞會後
燕尾服及高跟鞋正以朋馳的速度遠離——
泛黃的原文聖經底下
有人高聲讚美：

所有被閹割的左輪手槍，無法旋轉。
但修士們終究迷惘於注釋上不可避免的錯誤：
「哈利路亞・美利堅！
莎喲哪啦・越南！」

——（馬太福音第十六章）

II・鷹式俯衝計畫

在偽裝準星的背後我看到彈孔搜索著枯瘦的靈魂
那是個藍調歌手唱盤裡的一些憂鬱 a 小調
師部說下次的復活節可能在加州附近的陽光渡過
但是先決條件乃是送給越共足夠回家的砲火

坦克的履帶捲起狂風急速地向東北挺進
雨季來臨前
路旁翻開白眼的查理仍注視著戰事的發展
「二月和琳娜結婚
三月、四月……」
第173空降師某連的士兵　登陸
之後，我在兵籍牌上辨認他們墮落的過程
（在陰暗的酒吧裡子彈正進行一項簡單的圖騰交易
摒除海洛英和印度大麻越共似乎也變得可敬可愛
今夜行軍三百哩分配到的是一支五〇機槍的槍管
咖啡霉麵包橘子水蟑螂乾飯行軍鍋自動烤麵包機）

汽油桶的身材適合避彈
滾進，和穿越敵人多感情的沼澤　　過
石灰岩構造的國界垂點上　　遶
線
胡志明　　曲
小　的
徑
金雞納霜出沒的瘧疾地帶。
（　在一〇二五高地
我們用降落傘包裹死亡
的隊友，和水蛭貪婪口器
每天三餐佐料
通常是迫擊砲火左右高低的表尺和

匍伏的跫音下
戴斗笠式的微笑
雷區外
三十六天
是個最容易陣亡的季節）

一九五四
日內瓦的鴿子適合燉湯
一九七三
陸戰隊的制服等於帳篷
而有限的戰爭仍必須進行：
同溫層上
焚燒翅膀的天使悄然地灑著雪花
在半形成的雲朵外

B52自空中投下　穿甲彈
投下　燒夷彈
投下　高爆彈
投下　子母彈
投下　汽油彈
之後

仍一路俯衝向地平線

的彼端。

「勝利的必要在於諸君是否盡了最大的力量？
您的援助可能帶來勝利，也可能導至敗亡！」
好像某一個偉人曾說過
（標語也說過。）
"MERRILY WE GO TO HELL AND COME BACK"
「你覺得戰爭如何？」
「那是一種完美且多樣的現代造型藝術。」……

三・屬於螞蟻的一些想法

加薪的聘書不經意地掠過湄公河畔堤岸的
一支剛陣亡的派克自動鋼筆
面對著稿紙攤開一幅八吋寬的戰場，列寫著：
「L・C・約翰
克勞・D・羅斯曼
荷頓・威廉・艾克勞
唐・華爾・凱拉德魯斯……」
某種新聞報導的巧妙開頭

（那天，我們押解著最後的一排電桿木
遠赴刑場
沿途曾遭受有史以來

越共士兵最勇猛的一次突擊
　三天內
我們陣亡十六袋乾糧於渡溪
　最後
決定，終於在直昇機的有效支援下
　我們隨著暮色撤退
在敦克爾克東方約一萬哩處
　急
　行
　軍）

所有的砲火都昇華成歷史——
藍波式的木訥微笑，在記憶
我們早已離開美金的幣值
　在南中國海

在赤道洋流
擁擠的難民船彼此撕裂著對方的桅杆
暗礁且詛咒過…………
　鯊魚襲擊過…………
　　海盜厭倦過…………
　　　紅十字會討論過…………

而有人微笑
也有人埋頭痛哭
一九七五，或者
一九八八
似乎都沒有什麼的差別？
越南，
那裡總遺藏太多太多的不便想像……。

（莫名的歌聲在巷底響起龐克族頹廢的現代電影
我可笑的軍大衣夾克卻因有十七個彈孔而成名
反核示威的人潮對玉米的消耗量竟不加以節制
而失落的都市總有傷心欲絕的槍手在狙擊愛情
數著致癌皺紋的蛇看見夏娃驚惶地尋找善惡果
習慣敏感砲聲的人多已遷往海濱的白色建築物
彩券股票剩下的日子和當年的彈匣撞針肩槍帶
於是一切成為必然的人類便顯得十分可
笑了。）

PG2648　秀詩人90

浯洲詩行：鋼鐵與柔情的交纏

作　　者 / 方　群
責任編輯 / 孟人玉
圖文排版 / 阮郁甯
封面設計 / 蔡瑋筠

獎助出版 / 金門縣文化局
地　　址 / 金門縣金城鎮環島北路一段66號
電　　話 / 082-323169
網　　址 / http://cabkc.kinmen.gov.tw/

發 行 人 / 宋政坤
法律顧問 / 毛國樑　律師
出版發行 / 秀威資訊科技股份有限公司
114台北市內湖區瑞光路76巷65號1樓
電話：+886-2-2796-3638　傳真：+886-2-2796-1377
http://www.showwe.com.tw
劃撥帳號 / 19563868　戶名：秀威資訊科技股份有限公司
讀者服務信箱：service@showwe.com.tw
展售門市 / 國家書店（松江門市）
104台北市中山區松江路209號1樓
電話：+886-2-2518-0207　傳真：+886-2-2518-0778
網路訂購 / 秀威網路書店：https://store.showwe.tw
國家網路書店：https://www.govbooks.com.tw

2021年10月　BOD一版
定價：210元

讀者回函卡

國家圖書館出版品預行編目

浯洲詩行：鋼鐵與柔情的交纏/方群著. -- 一版. -- 臺北市：秀威資訊科技股份有限公司, 2021.10
面； 公分. --（語言文學類; PG2648）
(秀詩人;90)
BOD版
ISBN 978-986-326-962-5(平裝)

863.51 110013451